परिश्रम

(कृषि, सिंचाई, वनोपज, आवागमन, उद्योग धंधे)

(भाग-2)

विनय त्रिपाठी

गंगा डिस्ट्रीब्यूटर्स

21-ए, दरियागंज, नई दिल्ली-110002

ISBN 81-88717-16-9

गंगा डिस्ट्रीब्यूटर्स
21-ए, दरियागंज, नई दिल्ली-110002
द्वारा प्रकाशित

मूल्य : 35.00

संस्करण : 2003

मुद्रक :
यश प्रिंटोग्राफ शाहदरा दिल्ली-32

PARISHRAM
by Vinay Tripathi

आमुख

परिश्रम विकास की कुञ्जी है। जो सभ्यता जितना अधिक परिश्रमी करती है, उसके विकास की संभावनाएँ उतनी ही अधिक होती है। कृषि, सिंचाई, वनोपज, आवागमन, और उद्योग धंधों के क्षेत्र में मध्यप्रदेश की अनेक उपलब्धियाँ हैं।

विकास के क्रम में परिश्रम ही सर्वप्रथम व आवश्यक तत्त्व है। भारत विकासशील देश है। विकसित देशों की श्रेणी में आने के लिए उद्यत है। हमारे राष्ट्रपति श्री अब्दुल कलाम ने सन् 2020 तक देश को विकसित देशों की श्रेणी में लाने का एक स्वप्न देखा है। उसे साक्षात जमीन पर उतारने के प्रयास में सभी भारतीय जन। जी तोड़ कोशिश करते है। परिश्रम ही हमें विकसित राष्ट के पथ तक ले जा सकता है। जहाँ कला, साहित्य और संस्कृति हमारे सौंदर्य को हमारे महत्व को प्रदर्शित करती है, वहीं परिश्रम उसे निखारता है, संवारता है।

इस पुस्तक में देश के विकसित मानचित्र की चर्चा है और परिश्रम का सौन्दर्यीकरण भी दर्शाया गया है।

— प्रकाशक

परिश्रम

भारती और भोला ने सुजान से अपने प्रदेश मध्यप्रदेश की प्रकृति के बारे में जाना। अब वे प्रदेश के लोगों के परिश्रम के बारे में जानना चाहते हैं। कृषि, सिंचाई, वनोपज, आवागमन और उद्योग धंधों की स्थिति समझना चाहते हैं। एक दिन सुजान उन्हें मिल गया—

भारती : सुजान भैया! प्रकृति ने तो बहुत दिया, पर हमने उसे सजाने-संवारने व सुरक्षित रखने के लिए क्या परिश्रम किया?

सुजान : भारती! परिश्रम का मतलब है श्रम, मेहनत, उद्योग धंधा। जो परिश्रम करता है, वह परिश्रमी है। हमें परिश्रमी होना चाहिए। बिना परिश्रम कुछ संभव नहीं।

भोला : भैया! मास्टर साहब कहते हैं कि देश के पहले प्रधानमंत्री पंडित जवाहरलाल नेहरू थे। इन्होंने उद्योगों और कारखानों को नये भारत का मंदिर कहा था।

सुजान : हाँ भोला! पंडित नेहरू ने बड़े उद्योगों की स्थापना पर जोर दिया। उन्होंने नारा दिया—**'आराम हराम है।'** लाल बहादुर शास्त्री ने **'जय जवान, जय किसान'** नारा दिया।

भारती : भैया! सबने अच्छा सोचा। अच्छा करना चाहा। पर आज भी बेरोजगारी और भ्रष्टाचार एक बड़ी समस्या है।

सुजान : अच्छी शिक्षा के अभाव से यह स्थिति हुई है। लघु और कुटीर उद्योगों का अच्छा विकास न होना भी एक कारण है। महात्मा गाँधी ने कृषि के साथ लघु और कुटीर उद्योगों की स्थापना पर बहुत जोर दिया था।

भोला : भैया! अपने प्रदेश की कैसी स्थिति है? एक-एक बात अच्छी तरह समझाइये।

सुजान : अच्छा! कृषि से शुरू करते हैं। अपने प्रदेश की प्रमुख फसलें–सोयाबीन, गेहूँ, चावल, अरहर, चना, मटर, उड़द, मूँग, कपास, गन्ना, मूंगफली, तिल, सरसों आदि हैं। गेहूँ अधिक उगाया जाता है। सोयाबीन की खेती में प्रदेश पहले नम्बर पर है। यहाँ देश का लगभग 87 प्रतिशत सोयाबीन उगाया जाता है। इसलिए इसे सोया राज्य कहते हैं। चना और ज्वार की खेती में दूसरा स्थान है। मंदसौर जिले में अफीम और खण्डवा में गांजे की खेती होती है। अपने प्रदेश के 70 प्रतिशत लोग खेती में लगे हैं।

भारती : भैया! कौन सी मिट्टी में कौन सी फसल उगाते हैं?

सुजान : भारती! मिट्टी के लक्षणों पर फसल की पैदावार निर्भर है।

(1) काली मिट्टी कई तरह की होती है। गहरी काली मिट्टी में लोहा, चूना, एल्यूमना की प्रधानता तथा फास्फोरस की कमी रहती हैं इसमें कपास, गेहूँ, ज्वार, चना तथा तिलहन उगाते है।

(2) साधारण काली मिट्टी में गेहूँ, चावल और कपास फसलें होती है। लाल और पीली मिट्टी में ह्यूमस व नाइट्रोजन तत्वों की कमी होती है। इसमें चावल, मक्का और मूँगफली उगाते हैं।

(3) जलोढ़ मिट्टी में नाइट्रोजन फॉस्फोरस तथा हयूमस कम इसमें गेहूँ, गन्ना तथा कपास उगाते हैं।

(4) कछारी मिट्टी जैव तत्व तथा फास्फोरस की कमी होती है इसमें गेहूँ तथा कपास उगाते हैं।

(5) **मिश्रित मिट्टी** में फास्फोरस तथा नाइट्रोजन की कमी होती है। इसमें ज्वार, मक्का आदि उगाते हैं।

भोला : भैया! अपने प्रदेश की सिंचाई व्यवस्था के बारे में बताइये।

सुजान : हाँ, भोला! बिना सिंचाई के अच्छी तरह खेती नहीं होती। केवल खरीफ की फसल पर निर्भर नहीं रहा जा सकता। अपने प्रदेश में कुओं, तालाबों और नहरों से सिंचाई होती है। सबसे अधिक सिंचाई पश्चिमी क्षेत्र में होती है। सिवनी तथा बालाघाट जिलों में तालाबों से सिंचाई होती है।

भारती : भैया! अपने गाँव जैसी जलसंरक्षण व्यवस्था सब जगह है?

सुजान : नहीं भारती! इसीलिए तो समस्या आती है। परम्परागत और आधुनिक जल संरचनायें बनाकर इसका हल आसानी से संभव है।

भोला : भैया! अपने गाँव में तो बड़ी अच्छी व्यवस्था है। लोग ताल-तलैयों की उचित देखभाल करते हैं। भूमिगत जलस्रोतों के फिर से भरने की व्यवस्था है। इस हेतु सब अपने एक खेत में धान भी उगाते हैं।

भोला : भैया! अपने गाँव में तो बड़ी अच्छी व्यवस्था है। लोग ताल-तलैयों की उचित देखभाल करते हैं। भूमिगत जलस्रोत के फिर से भरने की व्यवस्था है। इस हेतु सब अपने एक खेत में धान भी उगाते हैं।

सुजान : इसीलिए तो पूरे साल कुयें नहीं रीतते।

भारती : भैया! और तो सब ठीक है, पर गाँव के लोग खेती सह कुटीर उद्योग चलाना नहीं जानते। ऐसी जानकारी चाहिए जिसका सब लाभ ले सकें। वे उपकरण भी चाहिए जिनसे कुटीर उद्योग चल सकें। ऐसी जानकारी और उपकरण कहाँ मिल सकते हैं, भैया?

सुजान : भारती! अब तुम पढ़-लिख गयी हो। पढ़कर बहुत सी जानकारी हासिल कर सकती हो। इस संबंध में बहुत सी छोटी-छोटी पुस्तकें छपी हैं।

भोला : ये पुस्तकें कहाँ मिलेंगी?

सुजान : अपने गाँव के पुस्तकालय में। लगता है तुम पुस्तकालय नहीं गये।

भारती : ठीक कह रहे हो भैया। अब हम हर दिन पुस्तकालय जायेंगे।

सुजान : भोला! कृषि सह कुटीर उद्योगों की स्थापना का पक्का निश्चय कर लिया है?

भोला : हाँ भैया! भैया! बहुत से लोग वनोपज से रोजी-रोटी जुटाते हैं। यह तो बहुत कठिन काम है।

सुजान : हाँ भोला! यह कठिन काम आदिवासी लोग करते हैं। महुआ, हर्र, बहेरा, आँवला, चिरोंजी, तेंदुपत्ता, जड़ी-बूटियाँ आदि जंगलों से जुटाते हैं। थोड़ी बहुत खेती भी करते हैं।

भारती : ये सब तो अपने यहाँ भी होते हैं। इनका बड़े स्तर पर उत्पादन कर सकते हैं।

सुजान : बिल्कुल। वनोपज ही क्यों? अब तो औषधीय और सुगंधित पेड़-पौधों और फूलों की खेती होती है। इसके साथ कुटीर उद्योग स्थापित कर सकते हैं। इससे बेरोजगारी दूर होगी।

भोला : भैया! हम अपने गावँ में यह काम करेंगे। इस संबंध में और जानकारी चाहिए।

सुजान : ग्राम पुस्तकालय में पुस्तकों से मिल जायेगी।

भारती : भैया! ग्राम पुस्तकालय तो बड़े काम का है।

सुजान : हाँ भोला! वहाँ और भी बहुत सी जानकारी मिलेगी। जिससे ज्ञानवान और सफल परिश्रमी बन सकते हैं।

भोला : भैया! मास्टर जी कह रहे थे कि आवागमन के अच्छे साधन सफल, उद्यम की पहली जरूरत हैं। अपने प्रदेश की आवागमन की व्यवस्था कैसी है? शहर की सड़क तो गाँव की गलियों से खराब है।

सुजान : हाँ भोला! अपना प्रदेश इस दृष्टि से पिछड़ा है। सड़कों की समुचित देखरेख का अभाव है। रेलमार्गों और वायुमार्गों की कमी है।

भारती : भैया! नक्शे में साफ दिखता है कि अपने प्रदेश में रेल मार्ग काफी कम हैं। हवाई अड्डे तो बहुत ही कम हैं। पर भैया मानचित्र से यह पता नहीं चलता कि कौन सी सड़क अच्छी है और कौन सी खराब।

सुजान : ठीक कह रहे हो भोला।

भोला : भैया! अपने प्रदेश के उद्योग धंधों के बारे में संक्षेप में बताइये।

सुजान : भोला! अपनें प्रदेश में कई उद्योग धंधे हैं। इनमें कागज, बिजली का भारी सामान, सूती कपड़े, नकली रेशे (रेयान) से कपड़ा, जूट, चीनी मिट्टी के बर्तन, सीमेंट, शक्कर, बीड़ी, लाख, कत्था, दवाईयाँ आदि प्रमुख हैं।

उद्योगों के विकास के लिए प्रदेश में अनेक संस्थायें हैं। इनमें म.प्र. राज्य उद्योग निगम, म. प्र. उद्योग निगम, म.प्र. औद्योगिक विकास निगम, म.प्र. वस्त्रोद्योग

निगम, म.प्र. माइनिंग कार्पोरेशन, म.प्र. खादी एवं ग्रामोद्योग बोर्ड, म. प्र. वित्त निगम, एग्रो इण्डस्ट्रीज कार्पोरेशन, म.प्र. निर्यात निगम और म.प्र. हस्तशिल्प विकास निगम प्रमुख हैं।

म.प्र. उद्योग निगम मृगनयनी के नाम से 8 एम्पोरियम चलाता है। राज्य शासन ने 26 औद्योगिक विकास केन्द्रों की स्थापना की है। इनमें प्रमुख हैं पीथमपुर (धार), इंदौर, देवास मंडीदीप (रायसेन) और मालनपुर (ग्वालियर)। भोपाल, इंदौर, ग्वालियर, उज्जैन और जबलपुर औद्योगिक दृष्टि से विकसित जिले हैं। चालीस जिले औद्योगिक दृष्टि से पिछड़े जिलों में आते हैं। इसलिए मध्यप्रदेश को औद्योगिक दृष्टि से पिछड़े राज्यों में गिना जाता है।

देश का प्रथम रत्न परिष्करण केन्द्र जबलपुर में है। प्रदेश का एक मात्र घड़ी बनाने का कारखाना बैतूल में है। बिजली का भारी सामान बनाने का एकमात्र कारखाना भोपाल में है। इसे बी.ए.ई. एल.(भेल) के नाम से जाना जाता है। यह 1960 में ब्रिटेन के सहयोग से स्थापित किया गया था।

नेपानगर (खण्डवा), अमलाई (शहडोल), रतलाम, ग्वालियर, इंदौर तथा भोपाल में कागज बनाने के कारखाने हैं। इंदौर, ग्वालियर, नागदा, उज्जैन तथा देवास में कृत्रिम रेशे (रेयान) बनाने के कारखाने है।

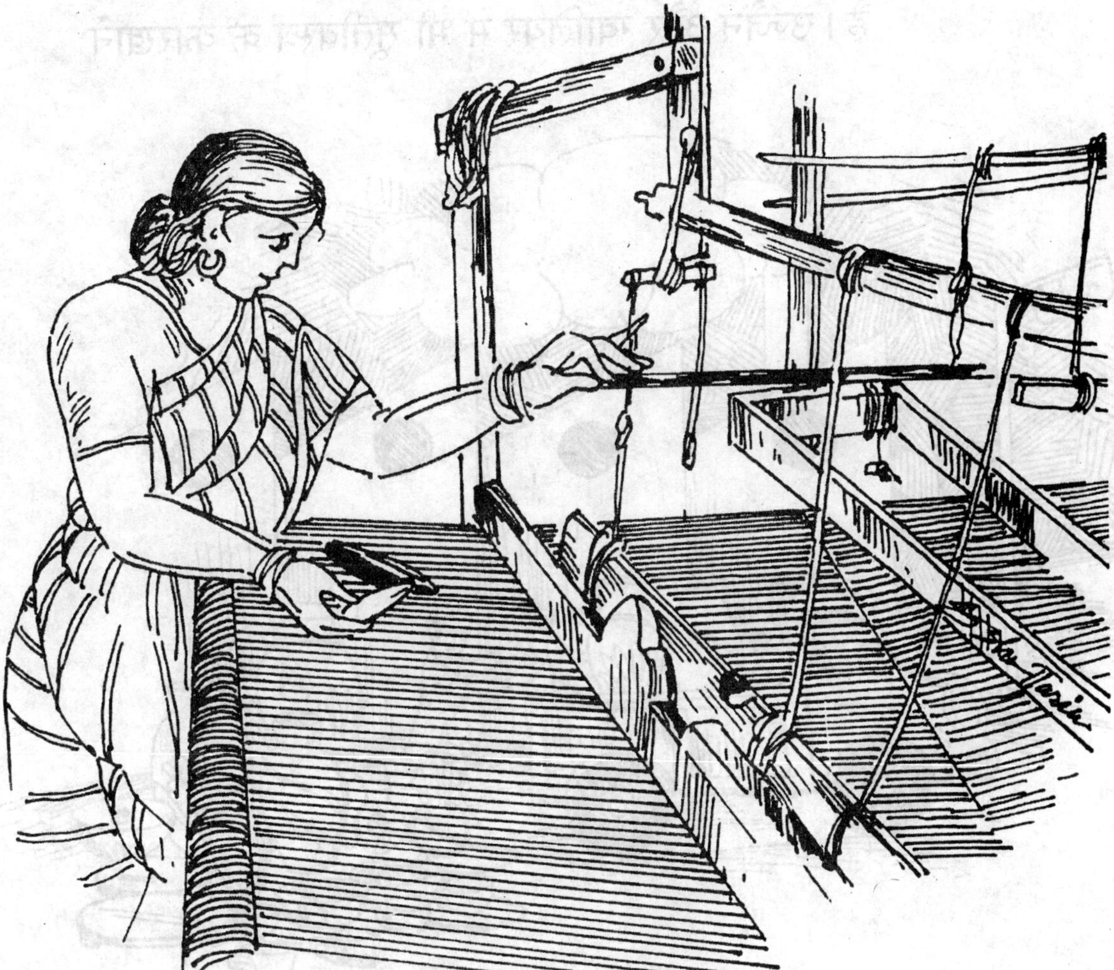

मुरैना, सतना, नीमच, दमोह, शिवपुरी, मंदसौर, धार, भिण्ड आदि जगह सीमेंट बनाने के कारखाने हैं। सीहोर, डबरा, दलोदा, महिदपुर रोड, जावरा, सारंगपुर, बरलाई, आलोट, कैलारस, बुरहानपुर तथा खरगौन में शक्कर बनाने के कारखाने हैं। जबलपुर, सागर, सतना, कटनी, दमोह आदि नगरों में बीड़ी बनाने के कारखाने हैं।

इंदौर सूती वस्त्रोद्योग का सबसे बड़ा केन्द्र है। इंदौर को प्रदेश की औद्योगिक राजधानी भी कहा जाता है। उज्जैन और ग्वालियर में भी सूतीवस्त्र के कारखाने

हैं। महेश्वर और चंदेरी साड़ियों के लिए प्रसिद्ध है। ग्वालियर चीनी मिट्टी के बर्तनों के लिए ख्यात है। जबलपुर, रतलाम, कटनी एवं निमाड़ में भी चीनी मिट्टी के बर्तन बनाने के कारखाने हैं।

एशिया महाद्वीप का सबसे बड़ा सोयाबीन संयंत्र उज्जैन में है। भोपाल में सोयाबीन के बिस्किट बनाये जाते हैं। हीरों को तराशने और पालिश करने का काम पन्ना में होता है। नोट छापने का कागज बनाने का कारखाना होशंगाबाद में है। देवास में नोट छापने का कारखाना है।

खैर वृक्ष की लकड़ी से कत्था बनाने का कारखाना शिवपुरी और मुरैना में है। बैतूल में घड़ी बनाने का कारखाना है। कटनी में आर्डिनेंस और जबलपुर में गनकेरेज फैक्ट्री है।

भारती : भैया! मास्टर साहब कला, साहित्य, संस्कृति और दर्शनीय स्थलों की बात कर रहे थे।

सुजान : भारती! इस बारे में अगली बार चर्चा करेंगे।